Este libro está dedicado a todos los animales de la Tierra,
sea cual sea su pelaje o color.

Tercera impresión, 1999

© 1993 Max Velthuijs
© 1994 Ediciones Ekaré
Av. Luis Roche, Altamira Sur. Caracas, Venezuela
Todos los derechos reservados para la presente edición

Título Original: *Frog and the Stranger*
Publicado por primera vez en Inglaterra
por Andersen Press Ltd., London WC2
Traducción: CARMEN DIANA DEARDEN
con agradecimiento especial a
Noel James Teale por sus acertadas sugerencias

Impreso en Italia por Grafiche AZ, Verona
ISBN 980-257-140-7
HECHO EL DEPÓSITO DE LEY
Depósito Legal lf1511998800782

Max Velthuijs

Sapo y el Forastero

Ediciones Ekaré
Caracas

Un día, llegó un forastero y acampó a la orilla del bosque.
Cochinito fue quien primero lo descubrió.

—¿Ya lo vieron? -preguntó Cochinito alborotado cuando
encontró a Sapo y a Pata.
—No -dijo Pata-. ¿Cómo es?
—A mí me parece una rata inmunda y sucia -contestó Cochinito-.
¿Qué habrá venido a hacer aquí?
—Hay que tener cuidado con las ratas -dijo Pata-.
Son todas unas ladronas.
—¿Cómo lo sabes? -preguntó Sapo.
—Eso lo sabe todo el mundo -dijo Pata indignada.

Pero Sapo no estaba tan seguro. Quería verlo con
sus propios ojos. Esa noche, al oscurecer, divisó un resplandor
rojo en la distancia. Sapo se acercó sigilosamente.

A la orilla del bosque, vio una destartalada tienda de campaña. El forastero había puesto una olla al fuego y se sentía

un olor delicioso. Sapo pensó que todo se veía muy acogedor.

—Lo vi –contó Sapo a los demás al día siguiente.

—¿Y entonces? –preguntó Cochinito.

—Parece un tipo simpático –dijo Sapo.

—Cuidado –dijo Cochinito–. Recuerda que es una rata inmunda.

—Te apuesto a que se comerá toda nuestra comida y que nunca trabajará –dijo Pata–. Las ratas son todas unas flojas y unas aventureras.

Pero no era verdad. Rata estaba siempre trabajando.
Recogió madera del bosque y fabricó una mesa y un banco
con gran habilidad. Nadaba todos los días en el río y
no estaba nada sucio.

Un día, Sapo decidió visitar a Rata. Rata estaba descansando
en el sol, sentado en su nuevo banco.
—Hola –dijo Sapo–. Soy Sapo.
—Lo sé –dijo Rata–. Puedo verlo. No soy tonto. Sé leer y escribir
y hablo tres idiomas: español, inglés y francés.
Sapo quedó muy impresionado. Ni siquiera Liebre podía
hacer eso.

Entonces, apareció Cochinito.
—¿De dónde vienes? -preguntó furioso.
—De todas partes y de ninguna -contestó Rata con calma.
—Bueno, ¿y por qué no te regresas? -gritó Cochinito-.
No tienes nada que hacer aquí.
Rata no se alteró.

—He viajado por todo el mundo -respondió Rata -. Aquí hay
paz y una hermosa vista del río. Me gusta este lugar.
—Apuesto a que te robaste la madera -dijo Cochinito.
—La encontré en el bosque -contestó Rata con voz digna-.
Es de todos.
—Rata inmunda -murmuró Cochinito.
—Sí, sí... -dijo Rata amargamente-. Todo es siempre mi culpa.
A las ratas siempre se les acusa de todo.

Sapo, Cochinito y Pata fueron a visitar a Liebre.

—Esa Rata asquerosa debe irse ya —dijo Cochinito.

—No tiene ningún derecho a estar aquí. Se roba nuestra madera y además, es grosera —exclamó Pata.

—Basta, basta —dijo Liebre—. Puede que sea distinto a nosotros, pero no está haciendo nada malo y el bosque es de todos.

Desde ese día, Sapo iba siempre a visitar a Rata. Se sentaban
juntos en el banco, gozando de la vista, y Rata le contaba
a Sapo sus aventuras alrededor del mundo, porque había
viajado mucho y le habían sucedido cosas muy interesantes.

A Cochinito le parecía muy mal lo que hacía Sapo.

—No deberías andar con esa rata inmunda -le dijo.

—¿Por qué no? -preguntó Sapo.

—Porque es distinto a nosotros -contestó Pata.

—¿Distinto? -preguntó Sapo-. Pero todos somos distintos.

—No -dijo Pata-. Nosotros somos iguales, somos todos de aquí. Rata no es de aquí.

Un día, Cochinito se descuidó cocinando y derramó algo
en la cocina. Enormes llamas saltaron del sartén. Muy pronto,
el fuego creció y las llamas se extendieron por todas partes.
La casa estaba ardiendo.

Cochinito corrió afuera, aterrorizado.
—¡Fuego! ¡Fuego! -gritó.
Pero ya Rata había llegado. Corrió una y otra vez del río
a la casa con baldes de agua y luchó contra el fuego hasta
que lo apagó.

El techo de la casa de Cochinito quedó totalmente destruido.
Los animales miraban atónitos. Cochinito se había quedado
sin hogar. Pero no tuvo que preocuparse. A la mañana siguiente,
apareció Rata con martillo y clavos. Rápido como un rayo,
reparó la casa.

Otro día, Liebre fue al río a buscar agua. De pronto, se resbaló
y cayó en la parte más profunda. Liebre no sabía nadar.
—¡Auxilio! ¡Auxilio! —gritó.
Rata oyó los gritos y se lanzó audazmente al río. Sacó a Liebre
y lo trajo a la orilla, sano y salvo.

Entonces, todo el mundo estuvo de acuerdo. Rata podía quedarse.
Siempre estaba alegre y contento y dispuesto a ayudar cuando

alguien lo necesitaba. A menudo, se le ocurrían cosas divertidas, como almorzar a la orilla del río o ir de excursión bosque adentro.

Y en las noches, les contaba cuentos emocionantes de dragones en China y otras maravillas con las que había tropezado en sus viajes. Fueron tiempos muy felices y Rata siempre tenía cosas nuevas que contar.

Pero un día, cuando Sapo fue a visitar a su amigo Rata,
no pudo creer lo que veía. La tienda de campaña había sido
desmontada, y allí estaba Rata con su morral a cuestas.
—¿Te vas? -preguntó Sapo asombrado.
—Es hora de seguir mi camino -dijo Rata-. Quizás vaya a Brasil.
Nunca he estado allí.
Sapo estaba desolado.

Con lágrimas en los ojos, Sapo, Pata, Liebre y Cochinito
se despidieron de su amigo Rata.
—Quizás vuelva algún día -dijo Rata alegremente-. Y entonces,
construiré un puente sobre el río.
Y se fue. Esa rata "inmunda y sucia", que era generosa, hábil,
amable y aventurera.

Todos miraron hasta que Rata desapareció en la distancia
detrás del cerro.

—Lo vamos a echar de menos –suspiró Liebre.

Y así fue. Rata dejó un gran vacío en la vida de sus amigos.
Pero el banco de madera había quedado allí y a menudo
los cuatro se sentaban al sol a hablar de los recuerdos
de su buen amigo Rata.